Die Legende von Azfareo

Im Dienste des blauen Drachen

8

Shiki Chitose

Charaktere
Rukul
Eine Priesterin, die in ihrem Heimatdorf Cadias keine Bleibe mehr hat und als Julius Pflegerin in den Palast des Königreichs Azfareo kommt. Auch ihre ältere Schwester ist eine fähige Priesterin.
Julius
Der König, der über das Reich Azfareo herrscht. Durch einen Fluch hat er zurzeit Drachengestalt, doch in Wirklichkeit ist er ein Mensch. Ganz selten kann er sich in einen Menschen zurückverwandeln, warum er dies kann, ist aber noch ungeklärt.
Shiki Chitose präsentiert
Die Legende von Azfareo
Im Dienste des blauen Drachen

Reyns

Als einer der Ältesten hat er einen der wenigen Posten inne, der es ihm erlaubt, Julius zu sehen. Er führt einen kleinen Drachen namens Gilda mit sich.

Rakia

Ein ehemaliges Mitglied der Organisation »Kiefer des Drachen«. Lebt jetzt im Palast. Er ist gebildet, kann gut zaubern und ist Mayushkas großer Bruder.

Mayushka

Ein ehemaliges Mitglied der Organisation »Kiefer des Drachen« und Rakias kleine Schwester. Sie kann wie ihr großer Bruder gut zaubern, sich aber nicht mehr an ihre Heimat Mida erinnern.

Adel

Sagt, er kommt aus der Stadt der Wissenschaft Rufuto und bezeichnet sich als Drachenforscher. Er führt einen kleinen Drachen namens Stella mit sich und steht zurzeit im Palast unter Aufsicht.

Stella

Ein kleiner gelber Drache, den Adel mit sich führt. Obwohl er sich gegenüber Rukul zahm verhält, gebärdet er sich bei Adel widerspenstig. Er kann auch Menschengestalt annehmen.

Was bisher geschah Aus seinem Dorf vertrieben, bekommt das Mädchen Rukul eine Stelle als Pflegerin des im Königspalast lebenden Drachen Julius. Zuerst nähert sich Rukul ihm nur ängstlich, doch nach und nach gewinnen die beiden Vertrauen zueinander. Rukul lernt Julius Vergangenheit und somit seine Einsamkeit kennen. Beide haben nach einem Ort gesucht, an dem sie bleiben können, und kommen nun ans Ziel. Rukul schafft es sogar, Reyns und Rakia, die sich bis jetzt abweisend verhalten hatten, näherzukommen und sich selbst weiterzuentwickeln. Doch dann steht Rukul erneut vor einer schweren Prüfung denn Stella nimmt menschliche Gestalt an ...

Inhalt

Kapitel 30 5

Kapitel 31 35

Kapitel 32 65

Kapitel 33 95

Kapitel 34 125

Bonus 157

Nachwort 167

Die Legende von Azfareo
Im Dienste des blauen Drachen

Hallo! Vielen Dank, dass ihr Band 8 von *Die Legende von Azfareo* in Händen haltet! Band 9 wird der Abschlussband werden und erscheint in der deutschen Ausgabe auch in einer Version mit Sammelbox! Ich würde mich sehr freuen, wenn ihr bis zum Ende der Geschichte dabeibleibt!

Kapitel 30
Die Legende von Azfareo
Im Dienste des blauen Drachen

Bzzz
Chrr.r
Bzzz
Endlich ist er einge-schlafen …
Mayu ist ebenfalls fix und fertig.
Seine Haut …
… wirkt ganz und gar mensch-lich.
Bei den Haaren …
… erinnern nur noch die Spitzen an Drachen-haar …
… während Hände und Füße noch viel von einem Drachen haben.

Aber unter einem Mantel lässt sich das bestimmt gut verbergen.

Seine Vollendung ist schon so nah …

Stella …

… hat die Verwandlung sehr wehgetan.

Stehen auch Julius …

… solche Schmerzen bevor?

Wupp
ぱっ
Stopp!
Sich das zu fragen, hilft jetzt keinem!

Warum ...
Ich meine ...
... seit wann wisst Ihr, dass Julius ein Mensch ist?

Unter uns Drachenforschern ...

... kursierte lange das Gerücht ...

... der Rhythmus Eures Herzschlags ...

... dem eines Menschen entsprach.

Im Gegensatz zu Stella ...

... dessen Herz auch in seiner menschlichen Gestalt so oft schlägt wie das eines Drachen.

Aber weshalb forscht Ihr Menschen aus Rufuto ...

Wie törichtdas von mir war.
Ha ha ha!
Ha ha ha!
ワイ Freu
Freu ワイ
Du bist dran ...
... Adel!

Batsch べちゃ

...

Tut mir leid, ich hab's vermasselt!

Kein Grund, den Kopf hängen zu lassen! Übung macht den Meister!

Stimmt ...

Warum ist mir so elend zumute ...

... obwohl sie mir keine Vorwürfe macht?

Ob etwas mit mir nicht stimmt?

»Du armer Junge!

Es tut mir so leid! Ich hab's einfach nicht geschafft, dich zu einem Jungen wie alle anderen groß- zuziehen!«

Adel ?

Aber das kann ich nicht sagen.

Ich möchte nicht, dass meine Mutter schon wieder verzweifelt.

Domp
すとん
Ein schnee-weißer!
Ei...
Ein Drache ?!
Ich hab noch nie einen Drachen gesehen!
Frisst er mich jetzt auf?!
Schnell weg ...
Schluck
...!
Nein!
In einem meiner Bücher stand, dass weiße ...
... lang-haarige Drachen Pflanzen-fresser sind.
Wenn man sie in Ruhe lässt, sind sie sanftmütig und unge-fährlich.
Da stand auch, dass sie in Gruppen auftreten, aber stimmt das vielleicht gar nicht ...?

Du weißt aber gut über mich Bescheid, Junge!
Alle Achtung!
Er spricht ?!
Aus der Luft habe ich euch Kinder da drüben spielen sehen ...
Freu
Freu
... aber du fühlst dich in deiner Gruppe unwohl, oder?

»Du armer Junge!«

Ich ...

... kann nicht wie alle anderen sein.

Ich weiß, dass ich meine Mitmenschen damit nerve ...

... und dass meine Eltern sich um mich sorgen.

Aber obwohl ich mich dabei schlecht fühle ...

... **kann ich ein-fach nicht anders.**

Ob etwas mit mir nicht stimmt, weil ich lieber ...

... Bücher lese, als mit den anderen zusammen zu sein?

Keine Angst, Junge!

Es ist großartig, dass du in deinem Alter schon weißt, wer du bist.

Ich bin aber …
… nicht großartig.
Hör zu, Junge!
Hab keine Angst davor …
… allein und anders zu sein.
Wenn es dein Wunsch ist, dann …
… kannst du frei sein!

Auch ich halte mich von meiner Gruppe fern ...

... und manchmal ist es hart, allein zu fliegen ...

... aber oft macht es auch Spaß.

Mhm!

Bald wird es regnen, und bis dahin muss ich mir einen Schlafplatz suchen.

Flapp

Der Drache kam und verschwand wie ein Tagtraum ...

Wir wissen nach wie vor viel zu wenig über Drachen.
Über Arznei oder Heilmethoden für Drachen wissen wir praktisch nichts.
Lasst uns unseren Verstand zum Wohl der Nachwelt ...
... und vor allem zum Wohl der Drachen einsetzen und unsere Forschungen vorantreiben.
Ich zähle auf euch!
Ich war überglücklich!
Das war ...
... der erste Ort in meinem Leben, wo man mich so akzeptierte, wie ich war.
Ju! Juuu!
Alles gut! Habt keine Angst!
Dieses Mittel ist ungefährlich! Zur Probe hab ich's auch schon eingenommen.

Happs

Au au au au!

Wenn du keine Handschuhe trägst, wird es dich noch deine Finger kosten, Adel!

Na ja, aber mit Handschuhen ...

Dreh

... verliere ich mein Fingerspitzengefühl und würde den Ärmsten zu fest anfassen.

Adel ist ein seltsamer Kerl!

Aber ich finde, er liegt nicht ganz falsch.

Die Drachen bekommen Angst, wenn man sie grob anfasst.

Dass er auf solche Ideen kommt!

Du musst Drachen wirklich lieben!

Alle Achtung!

An diesem Ort ...

... konnte ich endlich ganz ich selbst sein.
Das Experiment mit dem Drachen in Turm B ist fehlgeschlagen.
Ach ... Lief es nicht gut? Ich dachte, es würde gelingen.
Und vielleicht war das der Grund, warum ich nichts bemerkte.
Tut mir leid, aber halt bitte noch ein bisschen durch.
Wenn es gelingt, helfen wir mit diesem Experiment ...
... auch anderen Drachen.
Ich glaubte fest ...
... an den Nutzen meiner Experimente.
Aua!
Aua!
Polter
Ich will nicht!
Ein voller Erfolg ...
Polter
Polter

Bis zu Stellas Vollendung ...

Rabäääh!

Nanu? Ich dachte ...

Bäääh!

Wie konnte das passieren?!

... ich forsche nach Arznei ...

... und Heilmethoden ...

... für Drachen.

Aber das ...

... hat damit nichts mehr zu tun.

Stella ist verschwunden!

Sucht ihn! Er darf auf keinen Fall entkommen!

Das Experiment ist noch nicht abgeschlossen!

Adel ist verschwunden!

Und er hat Stella mitgenommen!

Dieser elende Verräter ...!

Auf meiner Flucht mit Stella aus Rufuto ...

... sah ich im Wald zufällig einen Drachen ...

... der Richtung Azfareo flog.

Ich musste es einfach riskieren.

Würde ich hier untertauchen können, hätte ich meine Verfolger aus Rufuto abgehängt.

Dass ich den Palast nicht verlassen durfte, kam mir sogar gelegen.

Knarz

Huch! Stella?!

Dieses Zimmer ist tabu!

Bamm

Kyaah!

Da ist ein großer ...

... Drache!

Wolltest du zu Julius?

Es tut mir so leid, aber Stella ist ziemlich flink ...!

Du darfst Rukul keinen Ärger machen, Stella!

Geh zurück auf dein Zimmer!

Zuck

?

Was hast du denn, Stella?

Das ist doch Herr Adel!

Zuck

Ich hasse ihn!

Ich hasse Adel!

...

Stella ...

Du darfst mich ruhig hassen, aber ...

... trotzdem möchte ich alles für dich tun, was in meiner Macht steht.

Also sag mir bitte, was du willst!

Watsch

Stellas Krallen haben Euch erwischt!
Bitte drückt hier fest zu! Ich hole einen Verbandskasten!

Beb
Beb
Dass du mit mir reden willst ...
... ist gelogen!
Obwohl ich es nicht wollte, hast du mit deinen Experimenten weitergemacht!
Verdammt! Das sieht nicht gut aus.
Rukul ... Nimm Stella erst mal mit.
Hey! Stella ...
Stürm

Bitte warte!
Stella ...!

Beim Zeichnen war ich unschlüssig, wie ich die Beziehung zwischen Adel und Stella weiterentwickeln sollte.

Ich hasse ihn!

Stürm

Ich hasse Adel!

Stella!

Nicht! Du darfst nicht aus dem Palast laufen!

Sagt den Wachposten Bescheid!

Zuck

Knirsch

Warum hab ich …

… so ein ungutes Gefühl?

Kapitel 31

Lärm
Lärm
Staun
ぽかん
Das riecht aber gut!
So viele merkwürdige Sachen!
Jetzt bist du dran mit Suchen!
Waah!
Eins! Zwei! Drei!
Zerr
Hey, Kleiner! Komm, spiel mit!
Oh ja!

Boah, der ist ja echt schnell!
Flitz
Ha ha ha
Puh, jetzt hab ich Durst!
Hier! Der Saft ist für dich!
Saft?
Gluck
Gluck
Lecker!!
Mit allen zusammen zu spielen ...
Puh!
... macht Spaß!
Hey! Helft mir lieber beim Tragen, statt immer nur zu spielen!
Ist gut!
Stella auch!
Will auch!
Was?? Du willst das tragen?
So eine große Kiste ...
Das schaff ich! Kein Problem!
Das ist aber schwer!
Quetsch
Knarz

Krack
Krack
Klirr
Kuller
Kuller
Hey! Was machst du denn da?!
Diese Waren wollen wir noch verkaufen, also pass bitte auf!
T...
Tut mir leid ...
Ist schon gut. Geh beiseite, das ist gefährlich.
Aber hast du dir auch nichts getan?
...!
Waaaaah!
Stürm
Hey, Kleiner! Wo willst du hin?!
Heee!

Es fängt an …
… zu regnen .

Mir ist kalt …
Schling
»Ist dir nicht kalt?«

…?
Wer spricht da?
Das ist schon mal passiert.
Immer wenn mir kalt ist und ich Hunger hab …
… hör ich eine nette Stimme.
Hier bist du also, Stella!

Adel ...?
Ich hab dich ge-sucht!
ガッ
Pack

...!!
Mit deiner Flucht hast du uns eine Menge Ärger eingebrockt ...
Hmpf!
Aber es ist nicht allein deine Schuld.
Wo steckt Adel?
Stella ...!
Wooosch
Es regnet immer stärker ...
Tut mir leid, dass ich plötzlich nach dir gegriffen und dich damit erschreckt hab!
Hah
Hah
Wo bist du, Stella?!
Lass uns zurück in den Palast gehen! Rukul macht sich Sorgen!

Stellas Schuh ...!
Aber was macht er hier?
Bist du hier ir-gendwo, Stella?
Uh ...
Uuh ...
Stella ...!
Was ist passiert ?!
Bist du verletzt ?!
Zuck

...!
Uwaah!
Krack
Krck
Zuck
Krck
Zuck
Stella ...!
Aaaaaah!
Krck
Krck

Krawomm

...!

Domp
Ein Verfolger aus Rufuto ...?
Ich hab dich gesucht, Adel!
Klank
Du hast nicht nur das Ergebnis unserer Forschungen, sondern auch alle Unterlagen mitgehen lassen ...
... was uns einen Riesenärger bereitet hat!

Wo sind die Aufzeichnungen zu deinem Experiment ...?

Wer weiß?

Wenn ihr kein zweites Wesen wie Stella erschaffen könnt ...

... war meine Flucht ein voller Erfolg!

Nie wieder!

Zack

Hng ...

Zack

Keuch

!!

Adel ...!

Keuch

Zuck

Vielleicht sollte ich ...

... lieber den Drachen quälen, statt auf dich einzutreten?

Pack

Das lasse ich ...

... nicht zu!

Der Kleine soll nie wieder solche Ängste ausstehen müssen ...!
Wie schade!
Ha!

Stampf

...!!

Klank

Wenn du schlau gewesen wärst, hätte ich dich zurückbringen ...

Zisch

... und wieder bei uns aufnehmen können.

Einen Ort wie den euren brauche ich nicht.

Wosch
Nehmt Euren Fuß von Herrn Adels Hand!
Pah! Was denn? Nur eine Göre ...
... und ein paar Wachen?
Raun
Raun
Zuck
Raun
Was ist denn das ...?!
Raun
Es fliegt direkt auf uns zu!
Ein Dra...

Es ist ein
Drache!

Was ...?!!
Kreisch!
Domp
Stampf
Ein blauer Drache!
Was?!
Ist das nicht der Lieblings-drache des Kö-nigs?!
Will er diesen Kerl ge-fangen nehmen ?!

Grrr
Fumm
Zisch
Zack

Schnapp
ぱしっ
たたっ
Tapp Tapp
ダンッ
Tapp

Trapp
Trapp
Da ist er!
Dort oben! Nichts wie hinterher!
Lärm
Lärm
Er hat sich eine Schuppe geholt?
Wer zum Teufel war dieser Kerl …?

Danke, aber ich bin in Ordnung.

Gebt sie Stella.

Was ...?

Flausch

Oh ...

Jetzt ist dir nicht mehr kalt, nicht wahr, Stella?

Im Palast werden wir dich noch einmal im Bad aufwärmen!

Hm?
Was heißt hier »Hm«?! Was tust du da, du Idiot?!
Ist das nicht deine Decke?!
Warum schneidest du sie in Fetzen?
Weil diese Kleinen in ihren Käfigen bestimmt frieren.
Der Boden des Käfigs ist aus Metall.
Aber du musst doch nicht deine eigene Decke benutzen!
So schnell bekommst du keine neue gestellt!
Das macht nichts!

Schau doch, wie der Kleine hier zittert.
Beb
Beb
Dir ist bestimmt kalt, nicht wahr?
Lass mich das unter deinen Bauch legen.
Ich mag keine Hände in meinem Käfig!
Komm bloß nicht näher!
Fuuh! Fuuh!
Sst
...
Fluff

Hey!
Er hat sich draufgesetzt!
So ist es doch sicher viel besser!
Straahl
Wickel
Dieses flauschige und warme Etwas ...
... kam also ...
... von Adel!

Hatschi
Ist dir kalt?
Der Regen kühlt ei-nen ganz schön aus.
Lasst uns in den Palast zurück-kehren!
Stimmt!
Flapp
Ich möchte nicht, dass du dich erkältest!

Wickel
くるん

Wir gehen auch zurück!
Ob ich Adel ...

Was ist los, Stella?
もぞ
Wuschel
もぞ
Wuschel
ぴよ
Swupp

... vertrauen kann?
Wickel
Huch!
Ich möchte es zumindest ...
... versuchen.

Kapitel 32

Adel!

Lies mir vor!

Blush

Ich habe Rukuls Frisur ein wenig abgeändert.

Bei langen Haaren lässt sich ein Dutt mit herausschauendem Pferdeschwanz wickeln, der wiederum zu einem Kringel geformt wird.

Gern!
Ich soll dir aus diesem Buch vorlesen?
Beb Beb
Unterdrückt eine heftige Reaktion, um Stella nicht zu erschrecken.
Herr Adel zittert vor Rührung!
Stella und Herr Adel, die bis jetzt aneinander vorbei kommuniziert haben
... haben sich ...
... nach dem Tumult erfolgreich versöhnt.
Wickel
Ein Glück!
An Azfareos heiterem Himmel war kein einziges Wölkchen zu sehen.

Heute findet das Fest zur Gründung des Staates Azfareo statt!

Lärm

Lärm

Lärm

Lärm

Auf dem Platz gleich vor dem Palast haben sie einen Holzturm aufgebaut!

Von Sonnenuntergang an gibt es Tänze und Konzerte.

Und viele Besucher kommen in die Stadt!

Wie aufregend ...!

Und ausgerechnet heute muss ich arbeiten.
Fledder
Überall fehlt es an helfenden Händen!
Lady Minfa!
Würdest du das Seiner Majestät bringen?
Sehr gern!
Moment noch ...
Darf ich reinkommen, Julius?
Ah, Rukul! Sicher!
Ja?
Klack
Tapp

Ich bringe Euch die Glückwunschbriefe!
Ein traditionelles Festtagsgewand ... Wo hast du das her?
Lady Minfa hat es mir gegeben!
Um wenigstens in Festtagsstimmung zu kommen!
Komm, lass dich frisieren!
Darf ich sie hier abstellen?
Ja! Mach das.
Klank

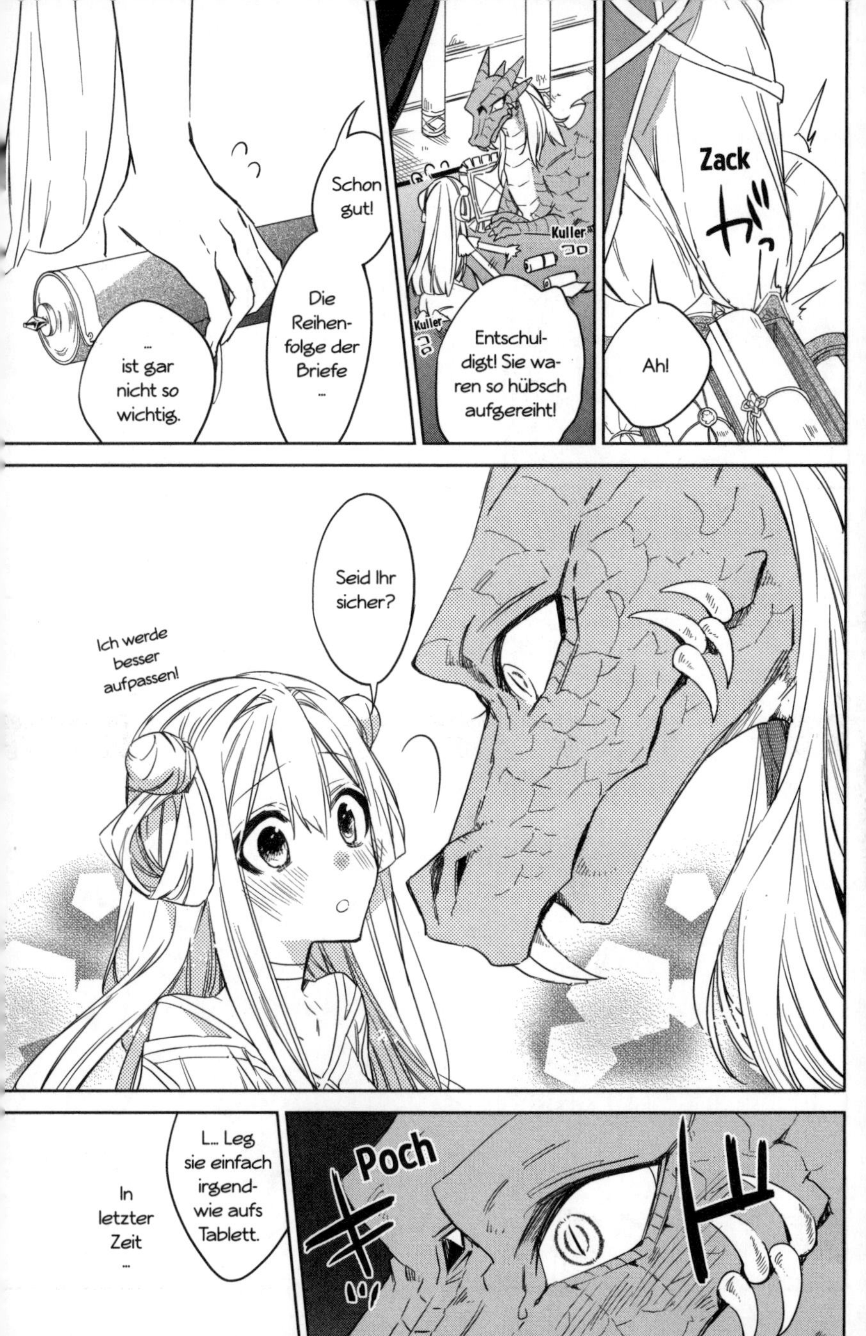
Zack
Ah!
Entschul-digt! Sie wa-ren so hübsch aufgereiht!
Kuller
Kuller
Schon gut!
Die Reihen-folge der Briefe ...
... ist gar nicht so wichtig.
Seid Ihr sicher?
Ich werde besser aufpassen!
Poch
L... Leg sie einfach irgend-wie aufs Tablett.
In letzter Zeit ...

... habe ich ein Problem ...

... weil mir etwas klar geworden ist.

Ich komme für Euer Mittagsmahl wieder!

...

Rukul ...

Weil ...

Klack

Hust

D...

Die Frisur und das Kleid ... stehen dir sehr gut.

Vielen lieben Dank!

Ah!
Aber für Träumereien ist jetzt keine Zeit! Ich werde alle Briefe noch heute Vormittag lesen!
... Rukul unglaublich liebreizend auf mich wirkt!
Auch bei der Arbeit ertappe ich mich dabei, wie ich an sie denke.
Schmerz
Schon wieder dieser Schmerz ...
»Euer Aussehen spielt keine Rolle!
Ihr bedeutet mir so viel, weil Ihr Julius seid!«
Das waren Rukuls Worte ...
... und sicher ist es wirklich so.
!
Wir haben viele Briefe aus dem Ausland erhalten!
Wir lesen sie zusammen ...
... und ich reiche Euch jene weiter, die Eurer Antwort bedürfen.
Sonst kommen wir hier nicht weiter!
Aber ...
Ich bitte darum.
Nachschub

... ob unsere Beziehung ewig so bleiben darf?
ぱさっ
Flapp
Oh!
War da etwas drin? Von wem ist dieser Brief?
Verzei-hung, es ist nichts!
»Wie wär's mit meiner Tochter als Eure Königin? Sie ist ta-lentiert und hübsch.«
Der Fürst von Istaria ver-sucht es je-des Jahr wieder.
Was für ein hartnä-ckiger Vater!
Ich werde ihm eine höfliche Absage schrei-ben.
Danke!
Eine Königin also ...
Dabei hat sich kein König dieses Landes jemals eine Frau ge-nommen.

Da es in Azfareo keine Erbfolge gibt ...

... sind leibliche Kinder nicht vonnöten.

Wahrscheinlich ...

... war es den Königen nicht einmal vergönnt, eine geliebte Person an ihrer Seite zu haben ...

... und alle haben sich diesem Schicksal ergeben.

Auch ich war bereit dazu.

Sehr wohl ...

Euer Majestät!

Vorab …

… möchte ich mich für meine aufdringlichen Worte entschuldigen.

Es stimmt, dass solch ein Fall in Azfareos Geschichte bislang ohne Beispiel ist.

Eure Vorgänger haben aus königlicher Pflichterfüllung auf persönliche Vorteile verzichtet …

… und ich denke, dass wir diesem Opfer unseren Frieden verdanken.

Auch Ihr erfüllt wie Eure Vorgänger Eure Pflichten mit Bravour …

… und ich hoffe, dass Ihr auch weiterhin unser König bleibt.

Für den Frieden und den Wohlstand dieses Landes.

Ja, natürlich.

Aber …

… dennoch …

... würde Euch nie-mand einen Vorwurf ...

... machen, wenn Ihr Euer Glück sucht.

Ganz sicher wünschen sich ...

Ich möchte dieses Glück behalten ...

... aber ...

... was ist mit Rukul?

Wie mag das Glück für sie aussehen?

Solange sie nicht glücklich ist ...

... ist mein eigenes Glück sinnlos.

Huch! Julius?

Seid Ihr hier, um Euch die Blumen anzusehen?
Strahl

Rukul.

Ist das nicht der ideale Ort für eine Pause?
Ja.

Hmm …
Haah! Puuh!
Dieser Garten tut wirklich gut!

Starr
Warum seht Ihr mich so an?
Nun ja …
Tat es unbewusst.

Ja dann ...

Seht, Julius! Die Sonne geht langsam unter.

Die Aufführungen am Holzturm könnten bald beginnen ...

Stimmt!

Wooosch

Wooosch
Wosch
Die Nacht kommt ...
... und du musst dich ent-scheiden, Julius.

Was hat das zu bedeu-ten ...?
Du schon wieder ...!
Hng ...
Schmerz
Schauder
...!
Schauder
Warum erschauere ich so?
Spüre ich böse oder feindliche Absichten ...
... die jemand gegen mein Land richtet?
Schauder
Ent-scheide dich, Julius!
Wo-für ...? Wovon sprichst du?
Es wird Zeit ...
Wuooh

Flapp
Wuoooh
Schnell! Sonst sind die besten Plätze weg, von denen aus man die Tänze sieht!
Hey! Immer mit der Ruhe!
Flapp

Ein großer Vogel!
Das ist ein Drache!
Wahnsinn! Gehört der mit zum Fest?!
Ob wir ihn aus der Nähe sehen können?
Julius ...! Könnt Ihr mich hören?
Was ist mit Euch?!
Julius!
Uh ...
Ihr habt auf einmal geschwankt und seid umgefallen!
Schafft Ihr's bis in Eure Gemächer?
Seltsam ... Ich glaube, ich habe irgendetwas geträumt ...
Flapp
Flapp

Flapp

Wosch

Wosch
W... Wer seid Ihr?!
Bitte kommt nicht näher!
Das also ist der blaue Drache.
Schnappt euch auch das Mädchen!
Jawohl!
Wosch
Pack
Ah!

Halt!

Hände weg von Rukul!

Julius!

Zuck

Julius …

… der sprechende Drache …

Verstehe! Es ist tatsächlich …

… dieser Drache.

Schwank
Vor lauter Schmerzen kann ich mich kaum rühren!
Tschink
!!
...!
Brz
Brz
Macht Euch locker! Je mehr Ihr Euch sträubt, umso härter wird es für Euch.

Bitte nicht ...! Bitte tut Julius nichts an!
Hi!
Werdet Ihr mir brav folgen?
Sonst töte ich das Mädchen.
Klack
Wohin bringt Ihr mich?!
Klack
Klack
Was?!
Dieser Mann hat einen Drachen bei sich ...
Klack
Ist der Drache nicht das Schoßtier des Königs ...?
Klack
Lärm
Lärm

Meine Unter-tanen!
Es tut mir leid, dass ich mich euch bis heute noch nie gezeigt habe!

Ich heiße
Julius Rei
Magrida
Azfareo
...

... und bin der König dieses Landes!

Da ich schon immer einmal zurückgekämmtes langes Haar zeichnen wollte, hatte ich großen Spaß, diese Frisur bei Lia auszuprobieren. (Ich finde, dass diese Frisur auch zum Gesamtkonzept des Charakters passt.) Und die Gewänder von El Fatol habe ich in einem europäisch anmutenden Stil gezeichnet, wie es ihn in Azfareo nicht gibt.

Kapitel 33

Zerr
Hoch lebe ...
... König Julius!
Lärm
Lärm
Euer Majestät!
Hoch lebe König Julius!
Wah!
Euer Majestät!
Waah!
Hoch lebe König Julius!
Hoch lebe Azfareo!
Nein ...!
Das ist nicht Julius ...!

Rukul!

Mayu ...! Rakia!

Haben sie euch etwas angetan?

Trapp

Du kommst in diese Zelle!
Ah ...
Hng!

Wag es nicht, sie so anzufassen!
Sie ist eine »Drachenpriesterin« !!
Katschink

Einmal hinter Gittern, kann ich nichts mehr ausrichten!
Ich muss mir was einfallen lassen!
Hng!
Bring mich zu diesem falschen König!
Ich bin Rukul, Priesterin aus dem Dorf Cadias ...
... die die Stimme der Drachen hört!

Na so was!
Ich wusste nicht, dass Ihr eine Drachen-priesterin seid!
Bitte verzeiht mir diese rüde Behand-lung!

Eine Drachen-priesterin verbindet Menschen und Dra-chen.
Wer hätte gedacht, dass sich in diesem Land solch eine edle Person aufhält.
Wie lautet Euer richtiger Name?

Ich bin Clive Roi El Fatol.
!!
Ihr seid aus El Fatol ...?!

Aber warum ...
... gibt sich jemand wie Ihr als Julius aus?
Richtig! Ich bin El Fatols amtierender König.
Klack
Weil ich dieses Land beherrschen will!
Dieses Land, das das Geheimnis über die Drachen hütet.

Wie kommt man an die Kraft der Drachen, um sie zu kontrollieren?

Das will ich wissen!

Schon seit langer Zeit haben Azfareo und El Fatol Kriege geführt ...

Wuoh

... doch es waren die Generationen meines Vaters und Großvaters ...

... die es auf die Rohstoffe dieses Landes abgesehen hatten.

Wuooh

Als amtierender König habe ich mich in meinen Briefen stets um Frieden bemüht.

Doch dann habe ich mich gefragt ...

... warum ich ein freundschaftliches Verhältnis zu einem König pflegen sollte ...

... der seine Untertanen und das Ausland hinters Licht führt.

Euer König hat sein Volk fortwährend betrogen!

Klack

Dann ist es doch völlig gleich, wer auf dem Thron sitzt, nicht wahr?
Nein!
Julius versteckt sich nicht, weil er es so will!
Und es spielt sehr wohl eine Rolle, wer König ist!
Aber …
»Wenn sie alle einsperren, können wir nichts mehr ausrichten.«
Eine unüberlegte Handlung von mir …
… könnte uns alle zur Untätigkeit verdammen!
Hm … Vielleicht kann man die Sache so sehen …
…

Es wäre schön ...

... wenn Ihr die Gesellschafterin meiner Verlobten werden könntet.

Er muss mir vertrauen!

Allein schon, damit ich mich frei bewegen kann!

Rausch

Einverstanden ...

Stets zu Ihren Diensten.
Entschuldigt die Störung, Lady Lia!
Klopf
Klopf
Herein …
Ich bringe Euch dieses Fräulein auf Geheiß Seiner Majestät!
Klack
Ooh!

Dreh
Was für eine zierliche ...
... und schöne Person.
Seine Majestät wünscht, dass sie Euch Gesellschaft leistet.
Sie soll eine Drachenpriesterin sein, und vielleicht könnt Ihr etwas Interessantes von ihr erfahren.
Zuck
Eine ...
... Drachenpriesterin ?!

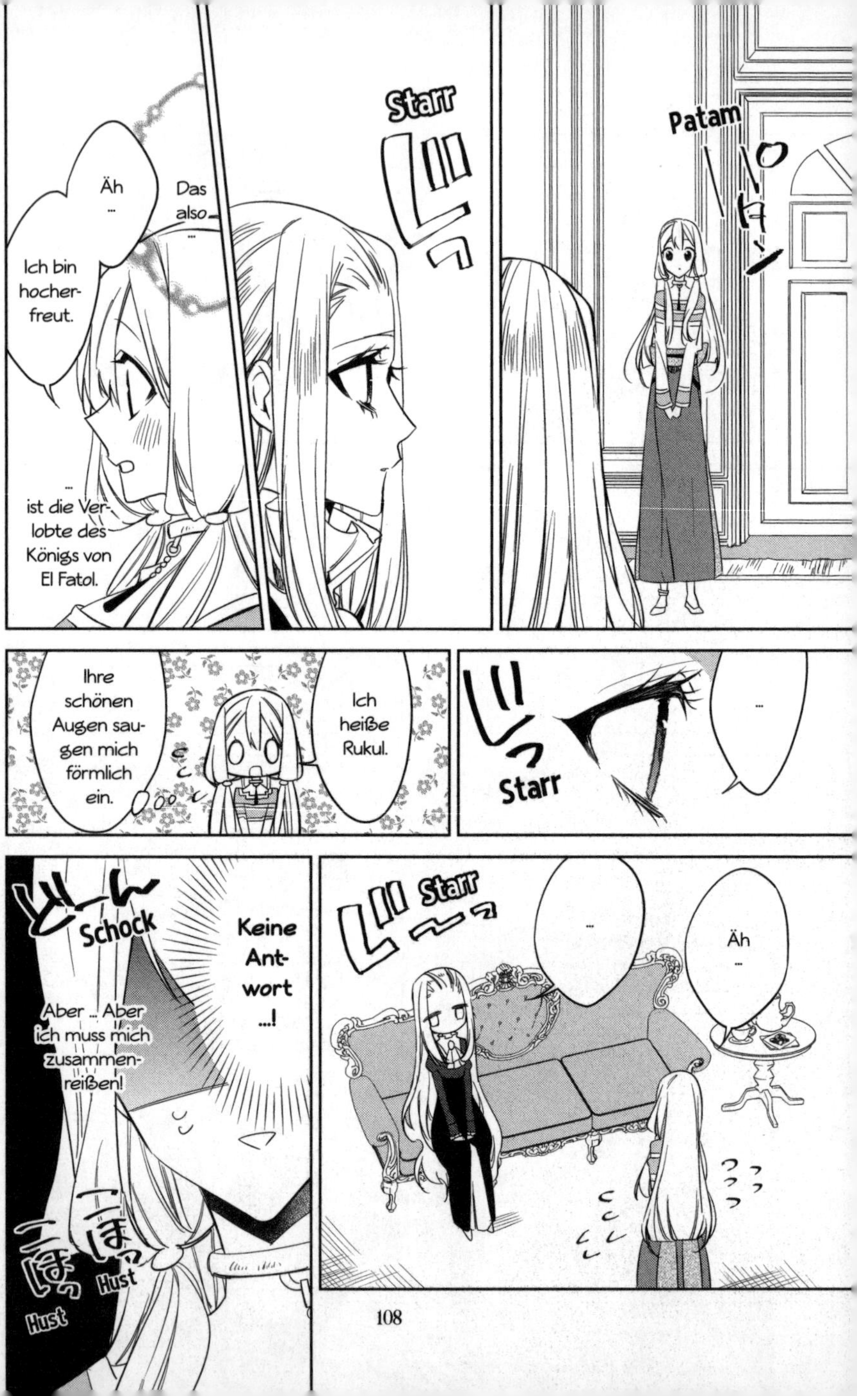

Patam
Starr
Das also ...
... ist die Verlobte des Königs von El Fatol.
Äh ... Ich bin hocherfreut.
Starr
...
Ich heiße Rukul.
Ihre schönen Augen saugen mich förmlich ein.

»Sie kränkelt etwas. Wenn etwas ist, ruft mich bitte.«
Das waren seine Worte!
Fühlt Ihr Euch nicht wohl?
Doch ...

Ich habe nur Durst.
Hüstel
Hüstel

War der Tee ... nicht nach Eurem Geschmack?
Nun ja ...

Mit Getränken, die nach etwas schmecken ...
Hust
... kann ich mich nicht recht anfreunden.
Dann bringe ich Euch heißes Wasser!
Bitte wartet hier auf mich!
Hier!
Heißes Wasser!
Heiß ...!
Ist es zu heiß?
Tut mir leid, aber Heißes vertrage ich nicht so gut ...

Gluck
Gluck
Puh …
Ihr Gesicht bekommt wieder Farbe!
Tee nicht zu mögen, ist seltsam, nicht wahr …?
Ich traue mich sonst nicht, das zuzugeben.
Nun … Es ist tatsächlich etwas ungewöhnlich …
… aber sicher seid Ihr da nicht die Einzige.
Wirklich …?
Glaubt Ihr das wirklich?

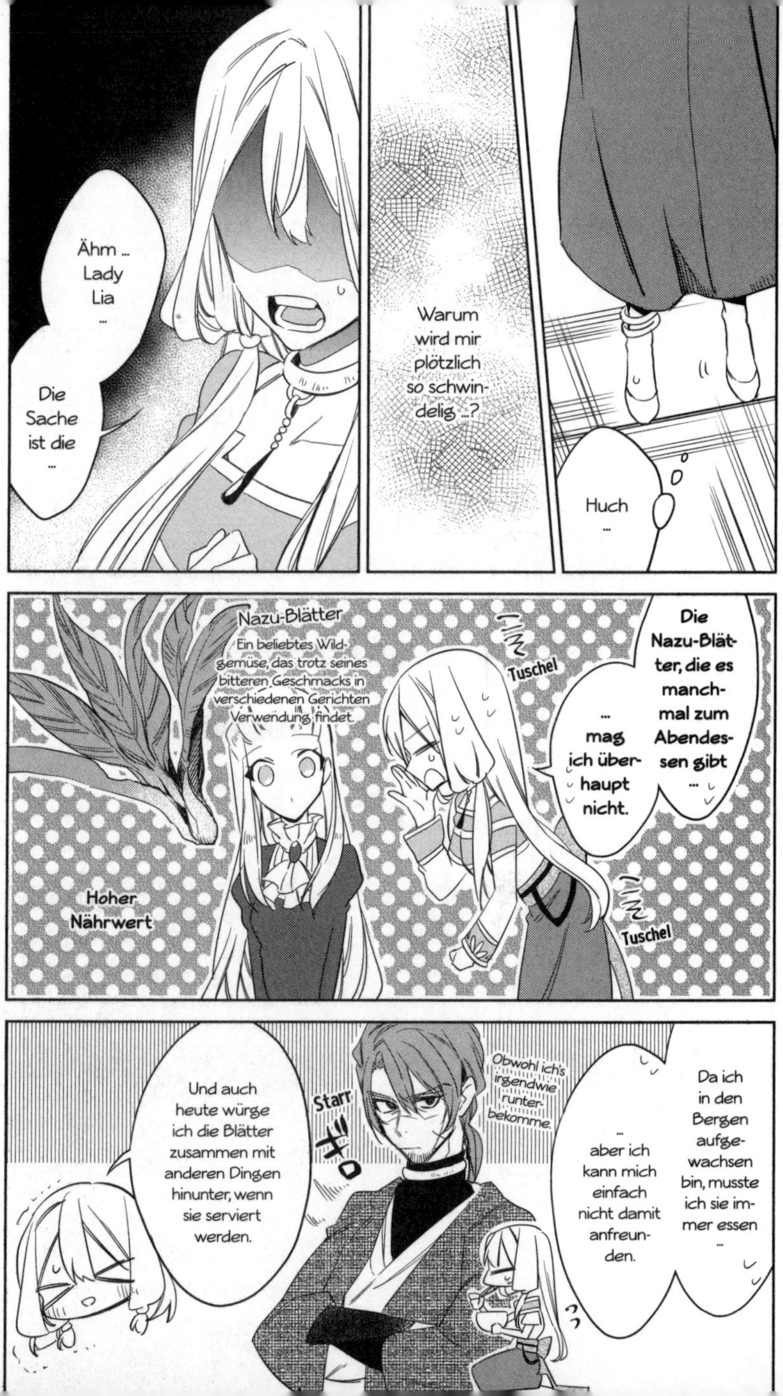

Huch ...

Warum wird mir plötzlich so schwindelig ...?

Ähm ... Lady Lia ...

Die Sache ist die ...

Ihr sagt Eure ehrliche Meinung? Ihr seid ein ungewöhnliches Mädchen ...
?
Wenn man etwas nicht mag, ist das eben so ...
Hi hi
Darf ich Euch ...
... noch eine Frage stellen, Rukul?
Gern!
Habt Ihr Euch selbst frisiert?
Ich frisiere mich jeden Morgen selbst ...
... und seit Kurzem beherrsche ich auch eine etwas andere Frisur.
Alle Achtung! Ich beneide Euch um Eure Geschicklichkeit!
Feine Arbeiten sind nicht meine Stärke ...

... kann ich nachempfinden ...
... weil es mir bis vor Kurzem genauso ging.
Ich zerreiße Haarbänder und reiße mir auch die darin verhedderten Haare mit aus –
Und die Kämme mache ich auch kaputt.
S... Sie ist ja ungeschickter als ich.
Oh! Was ...
... haltet Ihr dann von Kopfschmuck ?
Es gibt Schmuck, den man sich nur auf den Kopf setzen muss.

Was ist das?! Wie sieht es aus?!
Brüll
Ist der Gebrauch wirklich so einfach?
Wo bekommt man so etwas?
Man kann ihn hier in der Stadt kaufen.
In der Stadt ...
Grrrrr
Krack
Krack

Ihr solltet Euch besser ruhig verhalten ...
... wenn Ihr Euch nicht unnötig verletzen wollt.
Mein Land hat von alters her eine Verbindung zu Drachen ...
... sodass ich genug Methoden kenne, um Euch bewegungsunfähig zu machen.
Ihr tut wohl, was Euch gefällt.
Hi ...
Endlich bekomme ich das ...
... was ich schon so lange will!

Was in aller Welt habt Ihr vor ...?

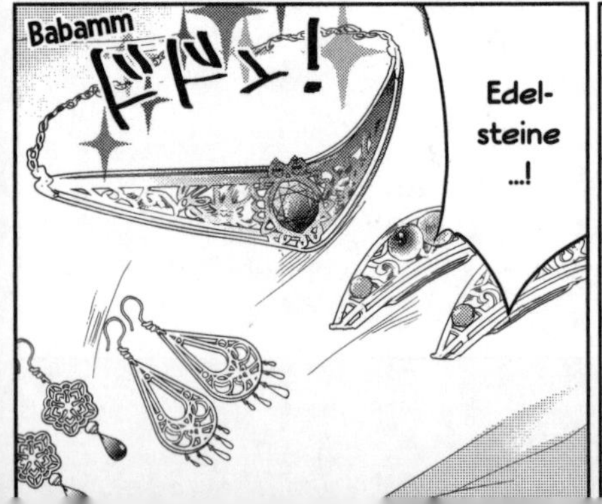

Ha ha ha! Die sind nicht echt …
… sondern nur aus buntem Glas, junge Damen!
Boaah!

Rukul!
Was könnte mir stehen?
Euch steht alles!
Bitte helft mir beim Aussuchen!
Mal sehen …

»Müssen wir Seiner Majestät wirklich nicht über Euren Ausgang Bescheid sagen?«
»Er ist immer so besorgt, dass er bestimmt dagegen sein wird.«
Ich hab sie tatsächlich heimlich hergebracht …
… aber …

... Lady Lia scheint sich blendend zu amüsieren!

Danke für alles, Rukul!

Nichts zu danken. Ich bin froh, dass wir etwas Schönes gefunden haben.
Ob Clive sich darüber freut?
Ganz sicher!

Ich war noch nie allein in der Stadt.
Allein hätte ich den Einkauf nicht geschafft.
Ihr seid wirklich sehr nett und hilfsbereit, Rukul!
!

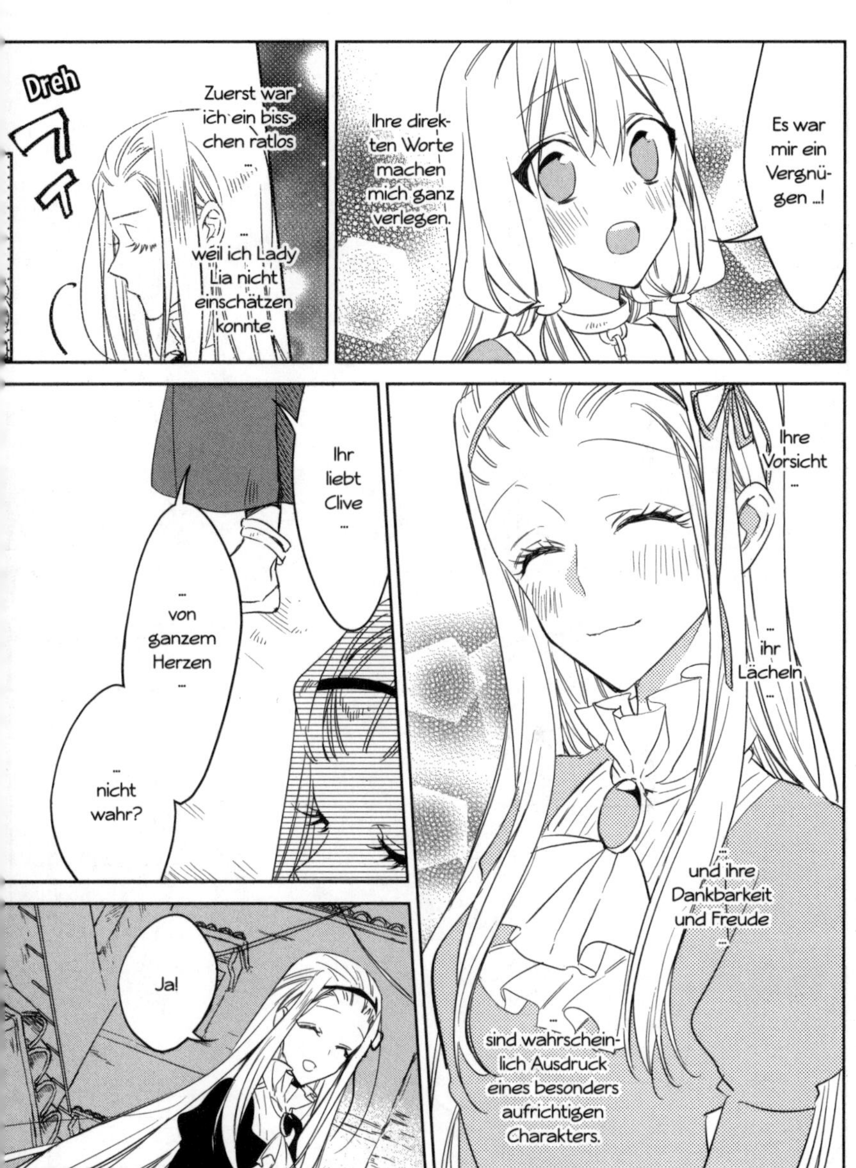
Es war mir ein Vergnügen ...!
Ihre direkten Worte machen mich ganz verlegen.
Zuerst war ich ein bisschen ratlos ...
... weil ich Lady Lia nicht einschätzen konnte.
Dreh
Ihre Vorsicht ...
... ihr Lächeln ...
... und ihre Dankbarkeit und Freude ...
... sind wahrscheinlich Ausdruck eines besonders aufrichtigen Charakters.
Ihr liebt Clive ...
... von ganzem Herzen ...
... nicht wahr?
Ja!

Aber Clive will dieses Land an sich reißen ...
... und hält Julius und die anderen noch immer im Palast gefangen.
...!
Ein Zuhause ...
Clive hat mir ...
... einen Ort gegeben, an den ich gehöre.

Keiner wollte mich haben …
… und alle sagten bloß …
»Alles in Ordnung?«
… sie würden mich einfach fallen lassen.
Clive war als Einziger nett zu mir.
Aber …
… würde ein wirklich netter Mensch …
… andere auf diese Weise verletzen?

Bestimmt gibt es noch ...
Beb
Beb
?!
Lady Lia?

Was ist mit Euch?
Nichts. Ich bin nur etwas erschöpft ...
Diese Schmerzen ...
Ihr habt Schmerzen?
Was soll ich nur tun?
Wo denn ...?

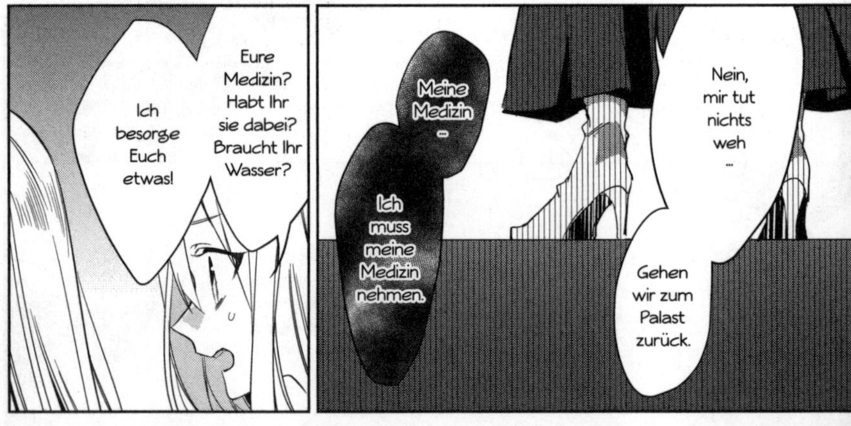
Nein, mir tut nichts weh ...
Gehen wir zum Palast zurück.
Meine Medizin ...
Ich muss meine Medizin nehmen.
Eure Medizin? Habt Ihr sie dabei? Braucht Ihr Wasser?
Ich besorge Euch etwas!

...!

Slip

Ich habe ...

Klank

... doch gar nichts von der Medizin ...

Klank

... ge-sagt.

Klapp

Lady Lia!

...!

Krick

Krack

Krick

Krack

Krack

Sst

Sst

Sst

ズリ
Sst
ズリ
Sst
ズ…
Sst

Kapitel 34

Special Thanks

Kotone Shirauo-sama & Mikino Itonaga-sama

Meinen Lesern, meinem zuständigen Redakteur und meiner Familie vielen Dank!

Shiki Chitose

Krack
Krack
Krack
Klank
Klank
Klank
Sst
Sst
Lady Lia hat sich …
Sst
Sst

Ich mag Rukuls Kleid, das ich für das Titelbild dieses Kapitels gemalt habe. Da Julius (als Drache) hellblau ist, benutze ich für Rukuls Kleidung meistens andere Farben als Hellblau, wenn sie zu zweit abgebildet sind. Aber wegen der zwei Personen dahinter und der Hintergrundfarbe trägt Rukul ungewöhnlicherweise ein hellblaues Kleid.

Huch? Seid Ihr nicht ...
Zuck
... das Mädchen, das neulich den blauen Drachen hierhergebracht hat?
Und was ist das für einer?

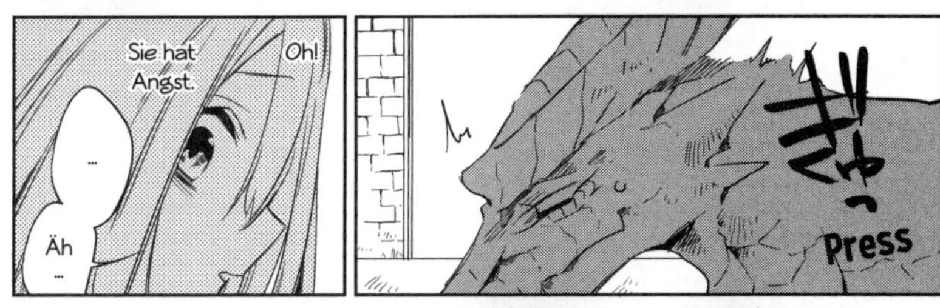
Press
Oh!
Sie hat Angst.
... Äh ...

Dieser Drache gehört auch zum Palast!
Um ihn an Menschen zu gewöhnen, wollte ich mit ihm in die Stadt gehen. Aber jetzt ist er wohl erschöpft.
Verstehe! Wollt Ihr ...
... Euch in meinem Garten ausruhen?
Vielen Dank!

Habt Ihr Euch ein wenig beruhigt, Lady Lia?
...

Göttliche Kräfte ...?

Hier nennt man sie wohl »Drachenkräfte«.

Bestimmt habt Ihr sie bekommen, weil Ihr so viel Zeit mit diesem blauen Drachen verbracht habt.

Was ?!

Das könnte sein ... aber so etwas passiert nur ganz selten.

So ist das also ...

Das kommt nicht nur von unserem Beisammensein ...

... sondern weil wir so starke und reine Gefühle füreinander empfinden.

Junges Fräulein ...

Mit wem redet Ihr?

Bitte ?!

Poch

Keine Sorge! Ich rede so, dass nur Ihr mich hören könnt.

Ich muss los, um Ware für den Laden zu kaufen ...

... aber im Garten könnt Ihr so lange bleiben, wie Ihr wollt.

Die Stadtbewohner haben ja gar keine Angst vor Drachen ...
Da unser Land unter dem Segen der Drachen erblüht ist ...
... fürchtet sich niemand vor ihnen.
Außer vor den sehr großen.
Hm ...
Ich glaube, ich kann mich langsam zurückverwandeln.
Oh! Dann besorge ich Euch Kleidung!
Bitte dreht Euch um ...
Natürlich!
Ich gucke nicht!
So!
Gehen wir?
Hibbel
そわっ…

Dann gebt mir Eure Hand!

Lady Lias Hand ist so schmal und kalt.

Verlangt …
… Clive von Euch …
… dass Ihr die menschliche Gestalt beibehaltet?
Schüttel
Schüttel
Aber warum tut Ihr es dann …?

Weil ich ...
... ein Mensch werden möchte ...
... um für immer bei Clive bleiben zu können.

Das ist alles ...

... was ich mir wünsche.

Mehr will ich gar nicht.

Stella!

Geknickt

Geht's dir gut? Du bist die ganze Zeit schon so ruhig.

Adel ...

Ich rieche Ru nicht mehr ...

Schnupper Schnupper

Trän

Was?

Wuoh

?!

Schwitz

Schwitz

Stella!!

Lass das! Auch ohne Wachen ist das ...

... viel zu gefährlich!

Geh zurück in deine Zelle und verhalte dich ruhig!

パタ
Flapp
パタ
Flapp
Warte!
Du sollst warten!
パタタ
Flapp
Flapp
Hüpf
Stella ...!
Die Drachen ...
... lassen sich grob in zwei Arten einteilen.

Die einen ...

... verfügen über göttliche Kräfte, die sogenannten »Drachenkräfte«, die anderen nicht.

So viel weiß ich selbst ...

Weiß dieser Kerl etwa, dass ich eigentlich ein Mensch bin ...?

Nein!

Er macht nicht den Eindruck, als hätte er etwas bemerkt.

Solange ich nicht weiß, was in seinem Kopf vorgeht ...

... muss ich mich bedeckt halten.

Diese Kräfte beeinflussen das Wetter ...

... oder fördern Energieströme, sodass Äcker fruchtbar werden und Feldfrüchte gedeihen.

Mithilfe dieser Kräfte können sich Drachen in Menschen verwandeln.

Doch auch für Drachen sind diese Kräfte nicht unerschöpflich.

Sie nutzen sich über die Zeit ab.

Wenn sie völlig erschöpft sind, braucht es eine gewisse Zeit für ihre Regenerierung.

Wenn die Kräfte so oft eingesetzt werden ...

... dass ihre Regenerierung unmöglich wird ...

... kann dies für den Drachen lebensgefährlich werden.

Genau!

So war es auch bei ihm.

Wenn ich meine Drachenkräfte einsetze ...
... spüre auch ich eine Kälte ...
... die an meinem Leben zu zehren scheint.
Lebens-gefährlich ...?
Ja ...
... das weiß ich selbst.
...?

Julius …
Plitsch
Wisst Ihr, was das ist?
… Nein, woher …?
Diese von Menschen erschaffenen praktischen Tropfen …
… regenerieren Drachenkräfte.

Solange ich meine Medizin nehme …
… kann ich ein Mensch bleiben.
Ich behalte …
… durchgehend diese Gestalt!
Aber …
… übernehmt Ihr Euch damit nicht?
Ich kenne jemanden, der mithilfe eines Zaubers seine Gestalt ändern kann.
Aber körperlich ist er völlig am Ende.
Julius und Stella haben starke Schmerzen während ihrer Verwandlung.
Und Ihr doch auch, oder nicht?

Diese Medizin ist doch der reinste Schwindel ...

Da ich selbst Drachenkräfte habe, weiß ich, dass sich ...

... die verbrauchten Kräfte mit der Zeit auf natürliche Weise regenerieren ...

Edelsteine mit göttlichen Kräften ...

Blumen, die nur für eine Nacht an einer heiligen Stätte blühen ...

Ein Erz, das tausend Jahre im Mondlicht gebadet hat ...

Träufel

Alles, was sich sammeln ließ, habe ich gesammelt ...

Straaahl

... doch nur wenige Dinge enthielten eine ausreichende Menge an göttlicher Kraft ...

... um Drachenkräften zu ähneln.

Und das hier ist die letzte Flasche dieser Medizin ...

Swupp

Zisch

!!

Krsch

Krsch

Krsch

Tropf

Stech

Tropf

Klingen aus El Fatol ?

Erstaunlich, dass sie sogar Drachenschuppen durchbohren ...

Die Medizin in dieser Ampulle hat die zehnfache Konzentration wie üblich ...

... und ich habe Angst, Lia auf einmal ...

... eine so hohe Dosis zu verabreichen.

Daher möchte ich es an jemand anderem testen.

Tschink

Julius!

Schwupp
Pack
Ihr werdet das doch sicher über-nehmen, oder?
Oder soll ich den Menschen, der Euch so viel be-deutet ...
... mit einem Schwert auf-schlitzen, das sogar Eure silberblauen Schuppen durchbohrt hat?
...!
Wuooh

Plitsch
ちゃぷ
Gluck
ごく
んっ
Blitz
カッ
Wuooh
Wa...

Was geschieht mit mir?!
Majestät ...!
Majestät ...!
Majestät ...!
Fremde Menschen rufen mich ...
... aber nicht mit meinem Namen.
Das sind Erinnerungen ...
... die noch im Drachenkörper stecken.
Wuoooh
Wuoooh
Verräter!

Wuoooh
Wer sein Versprechen bricht, ist kein König!
Wuoooh

Ein Glück!
Ihr habt es ohne Rückverwandlung bis in den Palast geschafft!
Krawomm
Was?!
Das kam vom Thronsaal!
Würdet Ihr schon in Euer Gemach gehen, Lady Lia?
Trapp
Ich schau mal nach dem Rechten!
Julius?!
Was für ein Krach! Da geht noch mehr kaputt!
Krrrooosch
Was ist da nur los?!
Zack

Wosch
Knarrrz
...!
Julius!
Trapp
Hah
Oh!
Keuch
Bröckel
Der Pfeiler!

Bleib zurück ...

... du vorlaute Göre!

Zuck

Was ...?!
Was ist los mit Euch ...
... Julius?
Weich
Sst
Sst
Julius gibt es nicht mehr.
Sst
Sst
Sst
Sst

Ich hole mir seine Kräfte …
Wuoooh
… und seinen Körper zurück!

Oje, was jetzt ?!

Ich war kurz Wäsche aufhängen ...

... aber kaum bin ich weg, bricht hier das Chaos aus!

Rukul ...! Ein Glück, dass du wieder da bist!

Ha ha

Chaos

Bonus

Du bist wieder da, Ru!
Ja, das bin ich!
Schnaub
Schnaub
Und hier der Grund, wie es so weit kommen konnte ...
Ich soll mich für einen Tag um Stella kümmern?
Im Buchladen ist ein neues wissenschaftliches Werk eingetroffen ...
... und Lord Reyns hat mir erlaubt, es abzuholen.
Da kann er Stella natürlich nicht mitnehmen.
Ich kann es mir bildlich vorstellen!!
Flapp
Flapp
Stella!!
Aber selbstverständlich!

Und deswegen ist Stella heute den ganzen Tag bei mir!
Verstehe …
Soll ich dir helfen, Rukul?
Ich habe heute wenig zu tun …
… und kann nach ihm schauen, wenn du ihn hierlässt.
Aber …
Stürm
So ein großer …
… Drache!
Hüpf
Hüpf
Ich hoffe, das geht gut!
Vielen Dank!

Mit solchen Sprüngen kannst du mich aber nicht überflügeln.
Du musst höher springen!
Höher! Höher!
Hüpf
Hüpf
Was siehst du uns so an?
Oh!
Nur so.
Kann ich kurz die Wäsche aufhängen gehen?
Ich bin gleich wieder da!
Nur zu!
Und nun wieder zurück zum Anfang ...
Nachdem etwa zehn Minuten vergangen sind.
Wie hast du diesen Knoten hinbekommen, Stella??
Zerr
Zerr
Der ist ja unglaublich fest ...!

Ich sollte ihm aus einem Buch vorlesen, und als ich einen Moment nicht aufgepasst habe, hat er rebelliert.
Lies mir vor!
Zeig mal her.
Pack
Ich kann Haare binden!
Was?!
Wo hast du diese Schnur her?!
Und was ist mit Vorlesen?!
Dann schneid den Knoten ruhig mit der Mähne ab ...
Hat schon fast aufgegeben.
Was?! Bitte lasst es mich noch weiter versuchen ...
Was?!
Julius?!
Oh!
Kraxel

Du tust dir noch weh!!
Hm?!
Huch!
Na so was ...!
Um sich nicht zu verletzen ...
... berührt er mich beim Klettern nur mit seinen beschuppten Körperstellen!
Ganz instinktiv!!
Uff!
Stellen mit harter Haut. Bei einer Berührung von Schuppe auf Schuppe entstehen keine Verletzungen.
Kraxel
Kraxel

Swupp
Und hoch!
Aaaaah!!
Glücklich
Staun
So spielen Väter mit ihren Kindern ...
... oder nicht?
Doch ...! So ist es!
Aber so ganz auch wieder nicht.
Ich hätte nicht erwartet ...
... dass Julius so kinderlieb ist!
Total aufgeregt!

Etwas später ...
Chrrr
Chrrr
Er hat so viel mit dir gespielt, dass er eingeschlafen ist.
Was für eine seltsame Schlafhaltung. Ist das wirklich bequem?
Chrrr
Ich bin ein bisschen neidisch auf Stella ...
?!
Warum das?
Weil er Euch nach Herzenslust berühren kann ...
... ohne sich zu verletzen.
Der Glückliche!
Sag nicht so süße Sachen.
Was?!

Swupp
Da bekomme ich auch Lust, dich zu berühren.
Auf meinen Rücken kann ich dich nicht setzen ...
... aber du darfst mich überall dort berühren, wo du dich nicht verletzt.

Die Legende von Azfareo 8 - Ende

Wie hat euch Band 8 gefallen?

Julius und Rukul, Heine und Eldorante, Adel und Stella, Lia und Clive (und auch Reyns und Gilda) ... Die Geschichte von Menschen und Drachen findet mit dem nächsten Band ihren Abschluss.

Ich würde mich freuen, wenn ihr sie bis zum Schluss begleitet!

Fantasy 13 +

Yuna aus dem Reich Ryukyu

Wataru Hibiki

Mit ihren roten Haaren und wundersamen Kräften hat es Yuna nicht leicht. Von den Menschen als ein arglistiges Geistwesen verschrien, bleibt ihr oft nur die Gesellschaft ihrer Wächterlöwen Shi und Sa. Zumindest bis sie auf den jungen König von Ryukyu trifft ...

Fantasy 15 +

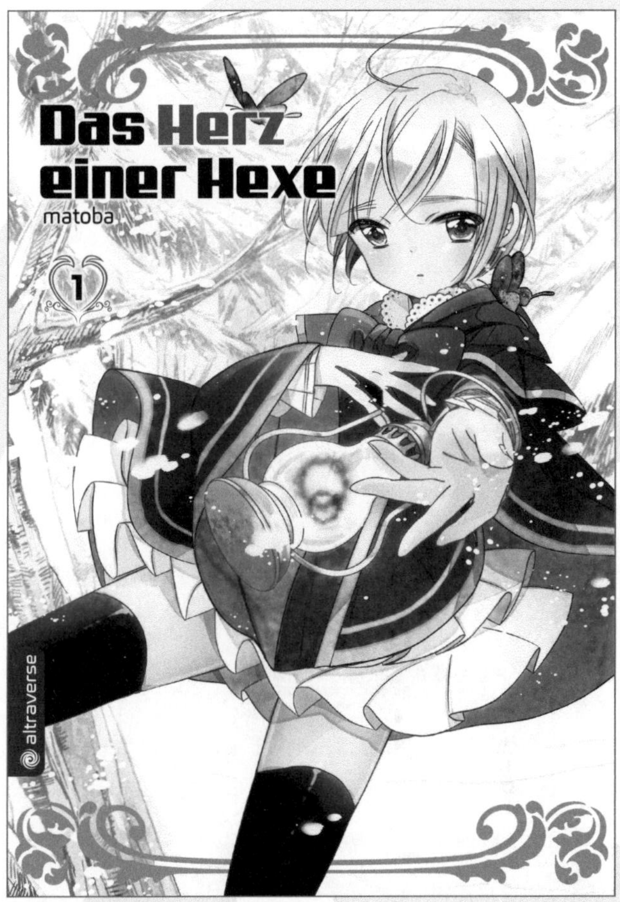

Das Herz einer Hexe

matoba

Nach dem Verlust ihres Herzens ist die Hexe Mika unsterblich geworden. Seit Jahrhunderten streift sie nun schon gemeinsam mit ihrem treuen Gefährten, einer verwunschenen Laterne, durch die Welt und hofft, ihr Herz wiederzufinden. Erst wenn ihr dies gelungen ist, erwartet sie die Erlösung ...

Fantasy 15 +

Elainas Reise

Jougi Shiraishi | Itsuki Nanao | Azure

Seit sie ein Kind war, wollte Hexe Elaina frei und ungebunden durch das Land reisen und dabei die unterschiedlichsten Menschen und Länder kennenlernen. Ohne festes Ziel vor Augen treibt sie allein die Frage vorwärts, was sie in der großen, weiten Welt wohl als Nächstes erleben wird.

Fantasy 13 +

Ich habe 300 Jahre lang Schleim getötet und aus Versehen das höchste Level erreicht

Kisetsu Morita | Yusuke Shiba | Benio

Die Büroangestellte Azusa Aizawa arbeitet sich schon in jungen Jahren im wahrsten Sinne des Wortes zu Tode. Doch dann wird sie als siebzehnjährige Hexe in einer fremdartigen Welt wiedergeboren. Dort will sie es langsam angehen lassen, wird Selbstversorgerin und tötet nur ab und an mal einen Schleim ...

Romance 13 +

Der Hexer und ich

Asato Shima

Der neue Schüler, der neben Nagi sitzt, hat ein großes Geheimnis: Er ist eine männliche Hexe, eine echte Seltenheit. Und damit nicht genug: Wenn er sich einem Mädchen nähert, hat er keine Kontrolle mehr über seine Kräfte. Ist er etwa allergisch gegen Mädchen?

Du erwachst im Frühling
Asato Shima

In der Grundschule wurde Ito immer von dem sieben Jahre älteren Nachbarsjungen Chiharu beschützt. Der leidet allerdings an einer schweren Krankheit und wird in einen Kälteschlaf versetzt, bis es eine Chance auf Heilung gibt. Als er nach sieben Jahren erwacht, ist aus dem »großen Bruder« ein Gleichaltriger geworden und Ito entdeckt ganz neue Gefühle für ihn ...

Romance 13 +

Liebe & Herz

Chitose Kaido

Yo Yagisawa hat im ersten Semester eigentlich genug Probleme. Aber als ein wildfremder Schönling plötzlich bei ihr einzieht und behauptet, ihr Kindheitsfreund zu sein, fängt der Trubel richtig an! Auf einmal beginnen die unheimlichsten Dinge zu passieren. Wer ist dieser Typ und schwebt Yo in Gefahr?

Romance 15+

Lieb mich noch, bevor du stirbst

Sora

Mikoto will sich vom Dach ihrer Schule stürzen, nachdem sie nicht bei ihrer vermeintlich großen Liebe landen konnte. Da taucht einer ihrer Lehrer neben ihr auf, angeblich nur, um dort eine zu rauchen. Er beginnt ein Gespräch mit ihr und bittet sie, mit ihm auszugehen. Schließlich könne sie doch ihn lieben, bevor sie stirbt ...

Deutsche Ausgabe / German Edition

Aus dem Japanischen von Sakura Ilgert

AZFAREO NO SOBAYONIN by Shiki Chitose

First published in Japan in 2019 by HAKUSENSHA, Inc., Tokyo.
German language translation rights arranged with HAKUSENSHA, Inc., Tokyo through Tuttle-Mori Agency, Inc.

Redaktion: Joachim Kaps
Herstellung: Cathrin Hamester
Lettering: Vibrant Publishing Studio

Druck: CPI books GmbH, Leck
Printed in Germany

ISBN 978-3-96358-654-5
1. Auflage 2020

www.altraverse.de